Kristuksessa meillä on armahdus

Kristuksessa meillä on armahdus

Paavo Räisänen

Olen julkaissut aiemmin BoD:in kustantamana useita kirjoja.
Kirjailija sivuni: www.kirja-lakka.com

Kustantaja: BoD · Books on Demand, Mannerheimintie 12 B,
00100 Helsinki, bod@bod.fi
Kirjapaino: Libri Plureos GmbH, Friedensallee 273,
22763 Hampuri, Saksa
ISBN: 978-952-80-9725-9

1

taivaalliset hääsalit

suuri valkopukuisten joukko

morsian.jonka uskovainen saa

kuningatar kruunu valkoinen päässään

Kristuksen vieressä valtaistuimella

kunnian kruunu

painetaan päähän voittajan

ei ainetta

ei sädekehä

sädekehät ovat vale

ei Jeesuksen.ei enkelien päässä

niitä ole

kunnian kruunu on hohtava.pyhä

Kristuksen istuimella

saa istua voittaja

taivaalliset pyhät kaupungit

ihanat asuinsijat

odottavat voittajaa

ikuiset seurat

Kristus puhujana.

eivät ihmiset kuole.vain heidän lihansa kuolee.maatuu.ihminen elää ikuisesti.hänen ylösnousemusruumiinsa on jo luotu.kun hän henkäisee viimeisen kerran.en tiedä.missä se odottaa ylösnousemusta.mutta se elää.sielu on ikuisuudessa.joko Aabrahamin helmassa tai kadotuksessa odottamassa kuolleiden ylösnousemusta.

/at ihmistä palvelevia henkiä.jotka voivat muuttua lihaksi ja näyttäytyä siipineen.enkelitkin haluavat olla ihmisiä.kun maailmanloppu ja viimeinen tuomio koittavat.enkelitkin tuomitaan.Jumalaa palvelleet enkelit saavat silloin ihmisen osan ja pääsevät uskovaisten kanssa ihmisten kanssa taivaaseen.

Jumalan enkelin osa ei ole helppo.ne käyvät jatkuvaa sotaa saatanan enkelien kanssa ja saatana viettelee heitä.kuten ihmistäkin.

maailman lopusta.saatana ja väärä
tuliseen mereen.Vanhan Testamentin
tta ja saatana olivat osittain vihollisia.sillä
väärän profeetan enkeli.ja väärä profeetta
en.ettei saatana pyytänyt Jumalalta anteeksi
ensimmäistä pientä lankeamistaan.ottanut vastaan armoa.vaikka Jumala olisi antanut, vaan otti helvetti tuomion ja nousi sotaan Jumalaa vastaan.väärä profeetta on henki.joka voi tulla langenneeseen ihmiseen.saatana hävisi taistelun Jumalalle ja teki liiton väärän profeetan kanssa.joka tekee harhaoppia.

Jeesus antoi itse henkensä.emme koskaan saa tieta
oikeasti tuomitsi Hänet kuolemaan.sillä Hänet tuom
Jumala.mutta ihmiset ottivat teon:Hän oli väärä
profeetta.tuomitsimme Hänet.

on vain yksi Jumala.mutta ihmisillä on epäjumalia.valhetieto ja liika tiedon jano ovat aikamme epäjumalia.ihmisen halu tuntea toinen ihminen.vaikka ainut jota tuntee ihmisen on Jumala.baalin palvojat uskoivat baalin olevan Jumala.monet hänen papeistaankin uskoivat niin.vain muutamat papit olivat nähneet temppelin käärmeen.Vanhan testamentin käärmeen.miehen.baal oli saatana.jolla oli henkivallat käytössään.

Muhammed uskoi elävään Jumalaan.mutta harhaopilla.hän sai ilmoituksen koraanista langenneelta enkeliltä.hän uskoi kyllä Jeesuksen olevan profeetta.enemmänkin.mutta ei nähnyt Häntä Jumalan Poikana.vapahtajanaan.hänellä olivat anteeksi saamattomat synnit.muhammed ei vainonnut oikein uskovia Kristittyjä.hän näki että Jeesuksen oppia ei noudatettu useimmissa maissa Raamatun mukaan.

2

idän uskonnot ovat enkelien valitsemilleen miehille antamia uskontoja.nämä enkelit olivat langenneet.palvelivat Jumalaa.mutta antoivat harhaopit.idän uskontojen johtajat tekivät paljon hyvää työtä.Jeesus oli ristillä kaatanut ja murskannut kaikki Vanhan Testamentin saatanan temppelit.enkelit jäivät odottamaan sanomaa Jeesuksesta kohdalleen.sillä näillä langenneilla enkeleillä oli lupaus.että Jeesus armahtaa heitä.nämä enkelit eri maissa antoivat opit kaataa saatanan temppelit.he antoivat uskon elävään Jumalaan.mutta harhaopilla.

muhammed teki hyvän työn.että kaatoi muinaiset sulttaanien hirveät temppelit ja hovit paheineen.hän ei kuitenkaan voinut antaa elävää uskoa.Afrikka lankesi aikoinaan pahasti.hekin olivat syntyneet uskovaisina ja heille oli kerrottu oikea usko ja että Jeesus tulee kerran.he unohtivat lupauksen.kuten moni muukin maa.heille tuli henkiopit.monet noidat palvelivat Jumalaa henkiopilla.he sanoivat vihollisille olevansa pahoja.palvelivat Jumalaa opillaan.mutta on myös pahoja noitia.jotka palvelevat pimeyden voimia.

langenneet enkelit tiesivät.he pystyvät kyllä antamaan opit kaataa muinaiset epäjumalan.saatanan temppelit.mutta pahuus katosi lyötynä pimeyteen.jäi sinne.Jeesus on Elämän ja Kuoleman Herra.vasta Hänen nimensä tekee lopun pahuuden töistä.

syntiinlankeemus Paratiisissa.saatana.käärme.kysyi Eevalta.onko Jumala sanonut niin.kysyi.sanoiko Jumala.ettei yhdestäkään Paratiisin puusta ole lupa syödä.Eeva lankesi jo.kun vastasi saatanalle.Eevan piti lähteä pois.saatanan kanssa ei saa jutella mitään.hän on liian ovela.

Eeva lankesi saatanan sanoihin:tulette kaikkitietäväksi kuin Jumala.Eevaan iski himo tuntea miehensä.Aadamiin halu tuntea koko luomakunnan salaisuudet.

Eeva ja Aadam eivät olleet Paratiisissa kahden ja taivas ei ollut täysin synnitön.Paratiisissa oli enkeleitä.siellä oli enkeleitä.joita avaruuden henkivalta oli vietellyt.vaikka saatana ei vielä ollut langennut.tämä henkivalta langetti henget aistillisuuteen.että ne alkoivat himoita Jeesusta ja henget viettelivät saatanan samaan himoon.aistillisuus oli jo Paratiisin synti.Eeva ja Aadam taistelivat sitä vastaan.aistillisuus oli syy.miksi Eeva lankesi.hän ei kestänyt saatanan viettelystä.

Aadam ja Eeva tunsivat Jumalan ja Hänen anteeksiantamuksensa jo siitä lähtien.kun heidät luotiin.he olivat usein langenneet aistillisuuteen ja pyytäneet Jumalalta anteeksi.miksi he eivät pyytäneet Paratiisin kielletyn hedelmän syömistä.he lankesivat.he tunsivat.rikkomus on niin paha.että he lymysivät Jumalaa.

3

Kartano

metsän reunalla

talossa herra

saatana pelkäsi näkyä

musta mamba asui talossa

käärme.musta suojeli

talossa vaja

oliko vajassa vene

sininen enkeli haki mamban

seurapirtti metsän keskellä

sininen enkeli paistoi pihalla

hiilloksella lihaa

musta mamba istui

sisällä Sanan kuulossa

metsä

metsän keskellä talo

kuolemaantuomitun viimeinen matka

merkillinen talo

pihalla auto

sisällä uuni

hiillos

sauna

miksi taloa remontoidaan

urut soivat

onkin iltakylä

kuolemantuomio peruttiin

laulettiin Siionin Lauluja

paistettiin makkaraa

hän ei nauranut

kahvit maistuivat

Kuinka kauniisti he laulavat

lavoillaan pimeillä:

"

nyt pillulle.pillulle laulan.

lihalle ihanan veriselle

"

vastaa morsian syvyydestä:

"sinut peniksesi,

niin ihana paksu.

huulteni välissä

"

soittaa basso säveltä tummaa

käärme iloitsee

hekuma niin jalo tumma

saa asun verisen

joka juodaan

Kristittyjen verestä

kuluttavainen tuli

on Jumalan Sana

saatanan papisto kaatuu maahan

tuli polttaa

tumman

miehen menettäneen lihan

nousee takaa voittajan kasvot

Hän mestarimme

antoi nimen voittaa vihollinen

Kristus

musta käärme eteni metsässä

mies

koira kulki hänen edellään

totteli

hirvien vainu oli koiran sieraimissa

miehellä ase

oli jo kiire päättää päivän jahti

illalla olivat seurat

uskovainen mies

maailman ahdistama

oma syntisyys

heikkous painoi miestä

Kristuksen sovitustyö

turvana

Hän

Vapahtajamme

lupasi olla heikoissa väkevä

sillä Jumalan voima ilmoitetaan heikkoudessa

Paavali tuhosi Rooman teatterit

valitti:minä olen heikoin kaikista

sillä hänen voimansa oli Kristuksessa

Hän on voimamme

heikkojen

4

Nämä runot on julkaistu musiikki-runo esityksinä Youtubessa sivuilla.joille on linkki kirjailija sivuiltani www.kirja-lakka.com

maa ja sen kuningas

oli maa
jossa kukaan ei tiennyt
kuka pitää valtaa
käärme hallitsi siellä
valitsi lait käsittelyyn
vaiensi totuuden puhujat

maassa oli totuuden puolustajia
heidät tuomittiin
sillä käärme oli tuomari
sanoi olevansa Jumala
oli helvetin enkeli
joka osaa tehdä
sekä pyhän että jumalan

hallitsi antikristus

suurta osaa kansaa

sanoi olevansa jeesus

muutti Raamatun antaman kuvan

Jeesuksesta

kansan mieleiseksi

että Hän salli oikeuden

tehdä huorin

sodoman synnin

pehmitti antikristus Jeesus kuvan

teki Hänestä feminiinin

mikä on totuus

Jeesus on kerran tuomari

Hän oli mies

ei pehmittänyt saarnaa

ei kumonnut lakia

Käärmeen viesti

maassa eli surkea raukka
nimeltään saatana
se luikerteli luolissaan
etsi lapsia saaliikseen
tuomalla oppinsa kouluihin

sillä oli sähköiset kanavat
hyökätä puolustajan kimppuun
sillä mato ei osaa kuin luikerrella
mutta terävä sillä oli pää
keksiä harhaoppeja

lentävä oli sana profeetoilla
he saivat ilmoituksen
aina kulki viesti
taivaan istuimelta

mateli käärmeen viesti

kanaviaan pitkin koteihin

suuri oli valhe sen

näin piti se valtaa

Oli armon ja rauhan saarnaajat

he totuutta rakastivat

Veriylkä taivainen

Sanansa ilmoitti

kuka kuunteli saarnaa:

"Luopukaa kaikesta.ja seuratkaa minua"

ennusti Paavali päivästä:

"mutta Armon Jumala.

on tallaava saatanan jalkoihinsa"

nimi Kristuksen

on nimi.joka kaataa vihollisen.

Oli rauhan maa

oli rauhan maa
maan ruhtinas
käärme
antoi rauhan
hallitsi hyvin
ihmisillä ei ollut syntiä
hän oli kertonut sen

oli pakolliset oppiahjot
lapset käärme kasvatti hyvin
sillä hän lupasi heille
oman osansa
helvetin tulessa

mikä oli käärme
syvyydestä noussut

oppi jumalaton
se maata hallitsi

oli maassa ollut kuningas
hirvitys nimeltä Jeesus
joka oli puhutellut synnistä
hallinnut armolla ja lailla kansaa
mutta kansa hurrasi käärmeen
kuninkaakseen
hän lupasi himot hekumalliset
osan lämpimän helvetin tulessa

maassa eli kansa piskuinen
palveli vanhaa kuningasta
saarnasi käärmeen synniksi
mikä loppu kansan
käärmeen lukiessa tuomionsa

ei kansa piskuinen välittänyt

oli Jeesus luvannut taivasosan

vielä orjiksi maailman ruhtinaan

kutsui muitakin

Tuomittujen enkelien laulu

Kuin seireenin laulu
joka oli helvetin enkeli
kaikuu lihan veren himon ääni
alas maan päälle
tuomituilta lavoilta
käärmeet ja heidän sutenöörinsä
virittävät huorin lauluaan

Lyö saatanan tekemä mies käärme
rumpua
notkuu käärme naisten povi, polvet
himo täyttää heidän verensä
vaatii miehiltä täyttymyksen
saatanan herrasmiehet
ovat peitsi valmiina tehtävään

Vei Jumala saatanalta miehen
kun se nousi kapinaan Häntä vastaan
kirottuna, miehettömänä
se karkuun ajettiin
hajoitti Jeesus ristillä pölyksi
pimeydessä se syö ihmislihaa
että saisi ruumiinsa takaisin

Kristuksen ruumis on uskovaisen
ruumis
Hartain halu saatanan
on saada Kristuksen ruumis
ruokapöytään
Näin hän uskoo saavansa
aikaan antikristuksen

Vanha saarna

Oli kadotettujen maa

maata hallitsi järjestäjä jumala

mikään ei ollut totta

kaiken yläpuolella oli järjestäjä

sanoi kaikesta:

järjestettyä

hän oli saatana

oli maasta mennyt totuus

kukaan ei tunnustanut Jumalaa

joka tunnusti

hänet tuomittiin

murhaajat pitivät valtaa

Oli maassa kuningas

Hän oli vainottu

veriset olivat Hänen vaatteensa

Golgatan puulla punotut

kuka uskoi Häneen

kuka uskoi

murhattiin

Oli saarna sovituksen

vanha oli oppi

ei kelvannut ihmisille

ihmiset halusivat uuden opin

ei Jumala antanut

loppu surkea

oli saarnaajan

vainojen valkeassa

Armon aika

Ihmiset elivät rauhassa
johtivat lapsia harhaan
himo syntinen
oli heidän jumalansa
juoma jumalaton
hekuma hetkinen
heidän halunsa

kadotus laskeutui äkisti
kuin raskaan vaimon kipu
heidän yllensä
suuri Herran päivä
odottaa jokaista
missä joukoissa silloin seisot
oi ihminen

Jeremia saarnasi pitkään
ei häntä kuunneltu
päivä Herran
tuli äkisti
ei kansa ollut katunut

Saarnaa Herran kansa
parannusta kaikille
vielä ovi avoinna kutsuu
katuvaa syntistä

ei armon aika ole loputon
sulkeutuu sydämen ovi
on silloin myöhäistä katua
ovi taivaan sulkeutuu
odottaa osa kadotetun
viimeisellä tuomiolla

www.ingramcontent.com/pod-product-compliance
Ingram Content Group UK Ltd.
Pitfield, Milton Keynes, MK11 3LW, UK
UKHW021347160826
14477UKWH00024B/548